내가
빛나는
순간

내가
빛나는
순간

파울로 코엘료 지음   윤예지 그림
Paulo Coelho   박태옥 옮김

자음과모음

차례

1장
나를 믿고
한 걸음 앞으로

2장
오늘의 마음을
소중하게 돌보며

3장
나에서
우리가 되는 연습

4장
사소한 순간이 쌓이면
멋진 마법이 된다

1

Shining Moment

1장

나를 믿고
한 걸음 앞으로

시작하기 전에

•

두렵습니까?
그럼 하지 마세요.

결심했습니까?
그럼 두려워하지 마세요.

I'm OKAY!

예스 또는 노

'Yes'라고 말할 때는 기꺼이
'No'라고 말할 때는 거침없이.

내가 빛나는
순간

빛이 나

●

비난받기 싫어서
사람들 기분 좋게 해주려고
친절하다는 것을 보여주려고
자신을 깎아내리지 마세요.
세상에는 빛나는 재능이 필요합니다.
무난한 것은 이제 됐습니다.

위풍당당

•

대범하게 걸으세요. 돌부리 따위는 신경 쓰지 말고요.
대신 한 걸음, 한 걸음 집중하세요.
적일지 모르는 누군가가 당신을 지켜보고 있으니까요.

내가 원하는 것

●

다른 사람들 생각에 휘둘릴 필요 없습니다.

평범한 사람들은 평범한 것만 믿고 따르거든요.

기꺼이 위험을 감수하고 하고 싶은 걸 하세요.

참 괜찮은 사람

●

살면서 참으로 많은 싸움을 하게 됩니다. 그 과정에서 거짓
말로 상황을 모면하거나 자기 자신을 속이기도 했을 것입
니다. 고통도 받았을 테고요. 사람들은 모두 그런 일을 겪
으면서 철이 듭니다. 그러니 그때의 일을 굳이 부끄러워하
지 않아도 됩니다. 단, 정말 괜찮은 사람은 다시는 같은 실
수를 반복하지 않습니다.

내가 빛나는
순간

나를 알면 알수록

멀리 나아갈 수 있습니다.

자신이 생각했던 것보다 훨씬 더.

시간 낭비

●

멋진 사람이 되세요.

하지만 그것을 증명하는 데 시간 낭비는 하지 마세요.

내가 빛나는
순간

비 온뒤

●

치명적인 실패를 겪고 나면 사람들은 대개 서로를 비난합니다.

"이렇게 될 거라고 예상했어야지!"

"나라면 이렇게 되도록 놔두지 않았을 거야!"

논쟁이 계속될수록 시간만 쏜살같이 흘러갈 것이고, 왜 그런 일이 일어났는지 알 기회도 쏜살같이 멀어져가겠죠. 그러지 말고 마음을 다잡고 미소를 지으며 생각해봅시다.

'실패가 내게 기회를 준 거야. 최대한 이 기회를 살려야 해. 어쩌면 그동안 꿈꾸지 못했던 일들을 해낼지도 모르잖아.'

FATE

PAIN

내가 빛나는
순간

정면 돌파

●

운명을 비껴가는 게 가능할까요? 네, 가능합니다. 그렇지만 언제나 그렇듯 잘못된 선택이죠.

고통을 회피하는 게 가능할까요? 네, 가능합니다. 그렇지만 결코 아무것도 배우지 못할 겁니다.

경험해보지 않고도 알 수 있을까요? 네, 가능합니다. 그렇지만 진정으로 알게 되는 것은 아니랍니다.

선을 넘지 말기

●

이따금 우리는 화를 냅니다.

물론 우리에게는 화를 낼 권리가 있습니다.

그렇다고 잔인해질 권리까지 있는 것은 아닙니다.

잘 웃기

●

평범하면서 모진 것보다는

좀 미친 듯해도 행복한 것이 낫습니다.

잘 울기

●

울고 싶을 때는 우는 게 좋습니다. 아이처럼 맘껏 실컷 우세요. 태어나자마자 배우는 것도 울기죠.

당신은 자유로운 인간입니다. 감정을 표현하는 것은 절대 부끄러운 일이 아닙니다.

우세요. 상한 마음을 풀 때는 우는 게 최고입니다.

이유 있는 아픔

●

살다 보면 고통스러운 일도 생기고 깨지는 일도 다반사로
일어납니다. 누구도 피할 수 없는 일이죠. 그래도 왜 싸우
는지 모르다 깨지는 것보다, 꿈을 위해 싸우다 깨지는 것이
훨씬 낫습니다.

내가 빛나는
순간

감정에 충실하기

●

여전히 울고 싶다면 눈물은 닦지 마세요.

여전히 알고 싶다면 해답에 만족하지 마세요.

'아니요'라고 하고 싶은데 '네'라고 하지 마세요.

'가자'라고 하고 싶은데 '있자'라고 하지 마세요.

슬픔도 힘이 된다

●

겁먹지 마세요.

외로움은 때로 선물이 되기도 합니다.

우리에게 살아가는 이유를 찾게 해줍니다.

절대

●

내 존재가 사과의 대상이 되어서는 안 됩니다.

느긋하게

•

쉬엄쉬엄하세요.

살다 보면 별별 일을 다 겪기 마련입니다.

그중 하나가 나빴다고 인생이 끝나지는 않습니다.

운동화 끈을 묶으며

●

마음에 새겨두세요. 고통보다 고통을 두려워하는 것이 더 나쁘다고. 꿈을 찾아가는 길에 고통은 없습니다. 매 순간, 신과 영원을 만나게 되니까요.

내가 빛나는
순간

빠르거나 느리게

●

평소와는 다른 삶의 속도로 즐거움을 찾도록 해보세요. 습관을 바꾸면 사람이 달라지기도 합니다. 그러거나 말거나 만사 자기 하기 나름이긴 하지만 말이죠.

music

Flows

like

a River

정신력 테스트

●

정신력을 알아보는 아주 고난이도의 시험 두 가지가 있습니다.

하나는 올바른 때를 기다리는 인내심이고, 다른 하나는 어떤 상황에 맞닥뜨려도 좌절하지 않는 투지입니다.

내가 빛나는
순간

용서의 날

●

복수는 달콤하겠지만

그렇다고 달라질 것은 아무것도 없습니다.

혼자라도 좋아

●

불의를 위해 여럿과 함께 있는 것보다
정의로운 혼자가 훨씬 낫습니다.

무능한 사람의 특징

●

소년은 할아버지와 함께 파리 시내를 걷다가 어떤 사람이 구두 수선공에게 심하게 항의하는 장면을 보게 되었습니다. 구두 수선공은 조용히 항의를 다 듣고 나서 실수를 바로잡겠다고 사과했습니다. 소년과 할아버지는 카페에 들어가서도 비슷한 장면을 보았습니다. 종업원이 의자를 조금만 비켜달라고 부탁하자 한 손님이 고래고래 소리를 질러대는 것이었습니다.

할아버지가 소년에게 말했습니다.

"오늘 본 것을 잊지 말거라. 유능한 사람은 무능하게 취급당해도 그러려니 하거든. 무능한 사람만이 권위적으로 굴지. 자신이 무슨 대단한 사람이라도 된 듯 뻐기면서 말이야."

내가 빛나는
순간

가능성

●

안 될 이유만 따지다 보면 될 일도 안 됩니다.

나에게 진실되게

●

정말 성공하고 싶다면
반드시 기억해야 할 규칙 하나.
자기 자신을 속이지 마세요.

소중한 것을 다루는 방법

●

무엇이든 잃어버릴까 봐 전전긍긍하면

대개는 잃어버립니다.

내가 빛나는
순간

집중

●

무엇이든 성취하기 원한다면, 우선 내가 원하는 것이 무엇인지 정확히 알아야 합니다. 그리고 정신을 바짝 차려 집중하세요. 그러지 않으면 목표물에 다가갈 수 없습니다.

친구와 적

●

설명 따위 하지 마세요.

친구라면 설명할 필요 없겠지만

적이라면 뭐라 한들 믿을까요.

내가 빛나는
순간

부모와 나

●

부모님을 사랑하세요.

단, 뭐든 결정은 스스로 합니다.

만지작만지작

●

도구를 사용하는 것을 두려워하는 사람이 있습니다. 펜이나 붓 또는 다른 디지털 도구 말입니다. 참 안타깝습니다. 이미 그것을 너무도 잘 사용하는 사람이 많아서 겁먹은 것이죠. 그래서 해볼 생각조차 못 하는 겁니다.

새로운 것을 계속 만지작거리세요.

내가 빛나는
순간

희망이 하는 말

●

꿈을 이룰 수 있다는 가능성만으로
인생은 흥미진진해집니다.

움직이기

●

지금 바로 실천하세요. "앞으로 변하겠다"고 떠벌리기만
하는 사람치고 변하는 사람은 없습니다.

미래의 나에게 부끄럽지 않게

●

언제 어디서든 남을 헐뜯는 일은 참 쉽습니다. 평생 세상 탓만 하면서 살 수도 있어요. 그렇지만 누가 뭐래도 성공과 실패는 오롯이 자기 책임입니다. 인생이 불공평하다고 말할 수도 있겠지만, 그래봤자 쓸데없이 힘만 빼는 꼴이 됩니다.

화풀이 대상

•

분노는 독약이나 다름없습니다. 몸과 마음에 아주 나쁘답니다. 누군가 죽기를 바라기도 하니까요.

　이럴 때 아주 좋은 명약이 있습니다. 바로 푹신한 베개나 쿠션을 두들겨 패는 것이죠.

내려놓기

●

불행한 사랑은 만족이란 것을 모릅니다. 가진 것이 적으면 많이 갖기를 원합니다. 가진 것이 많으면 더 많이 갖기를 원하죠. 많이 갖고 나서는 이제 행복하게 살고 싶다고 생각할지도 모릅니다. 그러나 딱 그때뿐입니다. 거기서 그칠 리가 없으니까요.

마음이 이끄는 곳으로

●

1.

머리 따로 마음 따로 놀 수는 없는 노릇이죠. 둘의 호흡이
착착 맞아야 합니다. 그래야 훨씬 더 즐겁고 신념도 단단해
지죠. 신념이야말로 나와 현실을 이어주는 끈입니다.

2.

언제나 자기 안의 믿음을 따르세요. 그래야 전혀 예상치 못
한 상황에 몰려도 겁먹지 않게 되거든요. 신념만 떼어놓고
도망가는 것은 불가능합니다.

내가 빛나는
순간

2

Shi
ning
Mo
men
t

2장

오늘의 마음을
소중하게 돌보며

모르는 사실 하나

●

무슨 일을 하든 상관없이
지구상의 어느 누구든
세상의 중심이고 역사의 주역입니다.
그런데 보통은 다들 잘 모르죠.

영원한 잠시

우리는 우주를 누비는 여행객입니다. 별들이 무한의 소용
돌이와 회오리 속에서 맴돌며 춤추는 그곳을 여행합니다.
　삶은 영원합니다. 우리는 잠시 이곳에 들를 뿐입니다.
서로 마주치고 만나고 사랑하고 나누기 위해서입니다. 영
원이 잠깐 내어주는 매우 소중한 순간입니다.

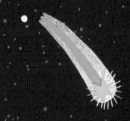

혼자 있는 시간

●

혼자 있는 것을 두려워하지 않는 사람, 무리를 겁내지 않는 사람은 행복한 사람입니다.

항상 눈에 불을 켠 채, 뭔가 할 일을 찾거나 뭔가 재미를 찾거나 뭔가 잘잘못을 따지는 사람은 행복할 수 없습니다.

혼자 있어보지 않으면 나 자신을 알 수 없습니다. 나 자신을 모르면 고독을 무서워하게 됩니다.

내가 빛나는
순간

다시 한 걸음

●

화창한 날에만 걸으면

어느 세월에 목적지에 도착할까요.

돌아보기

●

포기하고 싶다는 마음이 들 때 떠올려보세요.
나는 왜 그리 오랫동안 매달렸을까.

상처에서 자유로워지는 법

●

때가 되면 상처는 아물고, 기억에서 사라질 것입니다. 나중에는 왜 울었는지, 누가 나를 아프게 했는지조차 다 잊어버릴 테고요. 그제야 비로소 깨닫게 되겠죠. 내 길을 가는 것이, 내 뜻을 펼치는 것이 상처에서 자유로워지는 법이라는 것을 말입니다. 복수가 아니고요.

시작이 어땠는지는 중요하지 않습니다. 인생의 끄트머리에 가면 확실히 알 수 있습니다. 얼마나 잘 살았는지.

내가 빛나는
순간

인생이란

●

두려움에서 사랑으로 이어지는 긴 순롓길입니다.

내가 빛나는
순간

맞는 방향

●

어떤 사람들은 계획대로 사는 것만이 삶의 목적이라고 믿습니다. 그 계획이 자기가 만든 것인지 남이 만든 것인지 묻지도 않고 말이지요. 그러면서 넘치도록 지식과 경험을 쌓고 물품을 가득가득 채우고, 남의 아이디어도 수북수북 모읍니다. 감당하지 못할 정도로요. 그러니 진짜 꿈을 잊어버릴 수밖에요.

나를 찾아가는 것

●

딴사람이 되고 싶어서 여행을 떠난다면
별로 도움이 되지 않을 겁니다.
여행은 진짜 나를 찾아가는 것이니까요.

토닥토닥

●

자신한테 너그러워지세요.

당신은 지금 아주 잘하고 있으니까요.

흐르는 것

●

자연의 순환에는 승패가 없습니다. 오로지 변화만 있을 뿐
입니다. 겨울이 아무리 폭군처럼 굴어도 결국은 꽃과 행복
을 몰고 오는 봄의 기운에 밀려날 수밖에 없듯 말이죠. 지
구를 따뜻하게 만드는 것이 최선이라고 믿는 여름도 끝내
는 가을에 자리를 내줘야 합니다.

가젤은 풀을 뜯어 먹고 사자는 가젤을 잡아먹습니다.
이 또한 강자와 약자를 따지는 일이 아닙니다. 삶과 죽음의
순환일 뿐이죠. 누구나 반드시 거쳐야 하는 무대입니다. 이
순환을 이해할 때 비로소 우리의 몸과 마음도 자유로워질
겁니다. 그러고 나면 어떤 어려운 순간도 얼마든지 받아들
이게 될 테고, 잠깐의 영광에 취해버리지도 않을 것입니다.

짐작은 거기까지

●

혹시 당신 때문에 누군가가 괴로워하고 있다고 생각하나요? 정말로 괴롭다면 당신한테 말할 것입니다. 단지 용기가 없어서 불만을 털어놓지 못한다면, 그것은 그 사람 문제입니다. 그러니 그만 다 떨쳐버리는 게 좋습니다.

홀가분

●

아무도 누군가를 소유할 수 없으므로 마찬가지로 아무도 누군가를 잃지 않습니다. 이것이 바로 자유입니다. 자유야말로 세상에서 손에 쥐지 않고 가질 수 있는 것 중에 가장 소중합니다.

꿈을 죽이는 세 가지 변명

●

첫번째 변명은 "시간이 부족해"입니다. 엄청나게 바쁜 사람일수록 가까이에서 보면 할 일을 모두 하며 지냅니다. 시간이 부족하지 않은 것이지요. 보통 할 일 없는 사람이 늘 피곤해하고 작은 일에도 집중하지 못합니다. 매일 하루가 짧다고 투덜대기만 하고요. 실은 살면서 마주하게 되는 '멋진 싸움'을 피하는 것입니다. 두렵기 때문이죠.

두번째 변명은 "지금도 괜찮아"입니다. 인생이 위대한 모험이라는 생각은 못 한 채, 별 고민 없이 자신이 가장 현명하고 공정하고 옳다고 생각합니다. 그렇기에 승패를 떠나 '멋진 싸움'이 주는 큰 기쁨과 즐거움을 알 도리가 없습니다.

그리고 마지막으로, 우리의 꿈을 죽이는 세번째 변명은 "평화로워"입니다. 일요일 오후에 느끼는 평온함에 만족해버리는 것이지요. 원대한 꿈 같은 것은 아예 없고 주어진 것만으로 충분하다고 느낍니다. 자신은 더 이상 철부지가 아니라고 하면서요. 그러다 친구가 새로운 삶을 원한다는 말을 하면 화들짝 놀라고 맙니다. 실은 알고 있습니다. 자신이 꿈을 포기했다는 것, '멋진 싸움'을 피했다는 것을 말이죠.

꿈을 포기하면 아주 잠깐은 평화로울 것입니다. 그러나 곧 몸과 마음은 병들게 됩니다. 주위 사람에게 독하게 굴다가 끝내는 스스로를 파괴해버리겠죠. '질까 봐, 좌절할까 봐' 같은 비겁한 마음 때문에 '멋진 싸움'을 피한다면 결과는 참혹할 뿐입니다.

빛의 속도

●

미루지 마세요.

인생은 당신이 생각한 것보다 훨씬 빠릅니다.

차라리

•

시간을 낭비하느니 차라리 돈을 낭비하세요.

그게 훨씬 싸게 먹힐 테니까요.

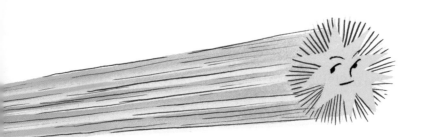

현재형 인간

●

1.

어쩌면 우리는 하루하루가 다 비슷하다고 생각하며 살고 있는지 모릅니다. 대단한 착각이죠. 하루하루는 모두 다릅니다. 매일 새롭고 멋진 일이 일어납니다. 당장 두 눈 크게 뜨고 오늘을 살펴보세요.

2.

누구도 과거나 미래에서 살 수는 없습니다. 영화에서만 일어나는 일이고, 우리는 오로지 현재에서만 살 수 있습니다. 그러니 지금에 충실하세요. 분명 행복해질 겁니다. 살아 있으므로 인생은 근사한 축제입니다.

3.

실마리 또한 언제나 현재에 있기 마련이죠. 현재에 집중하세요. 개선책을 찾을 수 있을 겁니다. 그래서 현실이 개선된다면 훨씬 좋은 일이 생길 거예요.

앞으로

●

과거의 기억에서 자유로워지려면 어마무시한 노력이 필요
합니다. 그래도 성공만 하면 당신은 능력을 발휘하게 될 것
입니다. 상상한 것 이상으로요.

행복을 가로막는 것들

●

과거에 갇혀 사는 것과

다른 사람에 대해 떠드는 것.

멋진 실패

●

실패를 미화하지 맙시다. 실패를 실패라고 인정합시다. 무턱대고 경험이라고 우기지도 맙시다. 진짜 경험으로 만들고 싶으면 자존심이란 자존심은 다 내려놓고 자신의 입으로 말해봅니다.

"졌다."

비워진 자리

●

비극적인 일을 겪고 나면 삶에 급격한 변화가 찾아옵니다. 소중한 것을 잃었을 때도 그렇습니다. 그때 중요한 점은 잃은 것을 되찾으려 애쓰는 것이 아닙니다. 진짜 해야 하는 것은 우리 앞에는 아직 충분한 시간과 공간이 남아 있다는 사실을 인지하는 일입니다. 비워진 자리를 새롭고 신선한 것으로 채워보기 바랍니다.

해보지도 않고

●

'과연 할 수 있을까?'

'괜히 했다가 실패하는 것은 아닐까?'

이런 조바심 때문에

사람들은 자신의 소중한 꿈을 좇는 것을 두려워합니다.

내가 빛나는
순간

삶을 변화시키는 씨앗

●

꿈

고통

그리고 사랑.

속도는 적당히

•

인생은 경주가 아닌 여행입니다.

다른 우리

●

성공하는 사람은 자기가 하는 일을 남과 비교하는 데 수고
를 들이지 않습니다.

문제를 마주해야 하는 이유

●

살다 보면 별별 문제가 다 생깁니다. 그럴 때마다 딱히 피할 방법이 없습니다. 그런데 그것들이 그냥 생길 리는 없습니다. 다 이유가 있게 마련이죠. 문제를 해결하다 보면 그이유를 알게 됩니다.

새로운 시대로

●

새로운 시대를 맞이하려면 오래된 시대는 마무리 지어야 합니다. 지나간 것은 다시 돌아오지 않습니다. 돌이켜보면 그동안 대체 불가라고 생각했던 일이나 사람이 없어도 잘 살아남았습니다.

관행이란 참으로 별것 아닙니다.

주인공은 나

●

우리를 예속시키려는 것들이 있습니다. 그렇지만 우리는
알고 있습니다. 그것들의 주인이 될 수 있다는 것을요. 바
로 인생이 준 위대한 지혜입니다.

내가 빛나는
순간

추억의 적당량

•

소금은 양에 따라
맛을 살리기도 하고 망치기도 합니다.
추억도 소금과 같습니다.
너무 많으면 없느니만 못합니다.

언어의 힘

•

말 한마디, 한마디는

당신의 마음에 기억으로 저장됩니다.

기억은 모여 모여 문장을 이루고

단락을 구성하고

책을 만들어내기도 합니다.

3

Shi
ning
Mo
men
t

3장

나에서
우리가 되는 연습

내가 빛나는
순간

사랑할 때

●

사랑해서 잃는 것은 없습니다.
늘 망설이다가 잃게 될 뿐입니다.

나비효과

●

사랑에 빠지면

지금보다 더 좋은 사람이 되려고 노력합니다.

더 좋은 사람이 되려고 노력하면

세상도 더 좋아집니다.

내가 빛나는
순간

봄이 왔어요

●

"영원히 내 곁에 있어줘."

봄에게 이렇게 말하기는 어렵겠지요.

하지만 다음처럼 말할 수는 있을 거예요.

"나를 축복해주고 희망을 줘. 있는 동안만큼은."

내가 빛나는
순간

마법의 말

●

종종 놀라곤 합니다. 사람들이 "사랑해"라고 말하는 걸 꽤 어려워해서요. "나도 사랑해"라고 대답할 만한 사람에게만 하디군요.

얼마든지 "사랑해"라고 말하세요. 아무것도 바라지 말고요. 사랑의 기운을 널리널리 퍼뜨리려면 용감해져야 합니다.

용서의 기술

●

용서하되 잊지는 마세요. 그러지 않으면 또 다치게 됩니다.
용서는 세상을 달리 보게 만듭니다. 그러나 잊으면 남는 것
이 없습니다.

내가 빛나는
순간

미운 정

•

사랑의 반대말은 미움이 아닌 무관심입니다. 상대방에게 아무런 감정이 없다는 것이죠. 그러니 지금 누군가를 계속 미워한다면, 그건 그 사람을 계속 마음에 두고 있다는 말입니다.

행복해지는 네 가지 방법

●

천천히 키스하고

미친 듯이 웃고

진심을 다해 사랑하고

용서는 빨리 합시다.

내가 빛나는
순간

KISSING SLOWLY

MAKE the BIGGEST SMILE

LOVE SINCERELY

FORGIVE & FORGET

어떤 속도

•

사랑과 친절은 미움과 공포보다 훨씬 잘 퍼져 나갑니다.

내가 빛나는
순간

어디 있을까?

●

술도 마시지 않고, 싸우지도 않고, 거짓말도 하지 않고, 실수도 저지르지 않는 사람…….

  그런데 그런 사람이 있기는 한가요.

피식

•

사랑은 아무리 힘들 때라도
기꺼이 당신을 웃게 합니다.

내가 빛나는
순간

기다림

●

연인을 기다리는 동안 하루는 참 느릿느릿 흐릅니다. 머릿속에 수만 가지 계획을 짜고 수만 가지 대화도 상상해봅니다. 나의 몇몇 행동을 바꾸겠다고 다짐도 하지요. 그런데 기다리는 동안 불안감도 상승합니다. 무슨 말을 해야 할지 도무지 모르겠고, 긴장감이 고조되어 급기야 두려움까지 생깁니다. 그러다 보면 애정 표현에 쩔쩔매기도 하고요.

　기다림이란, 사랑에 빠지고 나서 가장 먼저 배운 교훈입니다.

받아들이기

●

사랑의 감정은 오롯이 나의 것입니다. 어떤 감정이 들어도
남을 탓하지 말고, 강요하지도 말자고요.

내가 빛나는
순간

성장통

●

피할 수 없는 고통이라면 받아들이세요. 궁극적으로 자신을 성장시킬 테니까요.

증오나 혐오 같은 감정에서 벗어나고 싶다면, 용서하고 사랑하세요.

비참하게 사는 최고의 방법

●

다른 사람들이 나에 대해 뭐라고 말하는지에만 귀 기울여
보세요.

내가 빛나는
순간

상처와 더불어 살아가기

●

빙하기가 닥쳐 수많은 동물이 얼어 죽었습니다. 돌아가는
꼴을 보아하니 안 되겠다 싶어서 고슴도치 무리는 함께 모
여 살기로 했죠. 서로서로 따뜻하게 해주면서, 서로서로 보
호했죠. 문제는 몸에 돋아난 가시였습니다. 서로가 서로를
찔러대는 바람에 상처가 생겼거든요. 그래서 따로따로 살

기로 했는데 막상 추위를 막을 도리가 없으니 하나씩 죽어 갔습니다. 고슴도치 무리는 선택해야 했습니다. 지구에서 멸종될 것인가, 서로의 가시를 받아들일 것인가.

결국 다시 함께 살기로 결정했습니다. 무엇보다 중요한 건 온기였으니까요. 친밀한 관계에서 생길 수밖에 없는 작은 상처와 더불어 살아가는 법을 배우게 됐던 것이죠. 마침내 고슴도치 무리는 살아남았습니다.

저 아세요?

●

늘 그렇듯이 나를 잘 알지도 못하는 사람이 나한테 이래라
저래라 말이 많습니다.

나는 나의 수호신

•

누군가 당신을 공격하면 당신도 공격하세요. 언젠가 용서 하더라도 말이죠. 용서는 용서, 대응은 대응입니다. 행여 무대응을 관용이라 생각하지 마시기를. 침해당해놓고 아 무런 행동도 하지 않는다면 그저 겁쟁이일 뿐입니다.

마이 웨이

●

설명하느라고 애쓰지 마세요.

사람들은 듣고 싶은 것만 듣습니다.

남들이 당신을 어떻게 생각하든 신경 쓸 필요가 없습니다.

화는 짧게

●

오 개월 동안 별문제 없었다면

오 분 넘게 화내지 맙시다.

내가 빛나는
순간

다르지만 비슷해

●

문화는 서로 다른 세계에 사는 사람들을 이어줍니다. 서로
서로 깊이 이해하게 해줄 뿐 아니라, 경제적으로 정치적으
로 차이가 나도 금세 넘어서게 만듭니다. 그렇지만 그 전에
먼저 해야 할 게 있습니다. 서로 다르게 살아도 나와 별로
다르지 않다는 걸 인정하는 겁니다. 서로 비슷한 문제와 비
슷한 고민을 안고 사는, 비슷한 사람이거든요.

악순환

●

내가 누군가에게 상처를 주면

나도 똑같이 누군가에게 상처받게 됩니다.

내가 빛나는
순간

봐주는 사람

●

친구란, 당신이 지금 사람들을 속이고 있더라도

당신 내면의 진심과

아픔을 볼 수 있는 사람입니다.

내가 빛나는
순간

우정

●

아주 오래 알고 있다는 것만으로 우정이라 할 수는 없습니다. 우정은 끝까지 곁에 남아 있는 것입니다.

사실은

●

우리를 미워하고 혐오하는 사람들은, 실은 질투하는 것입니다. 그들이 꿈꿨던 모습이 바로 우리이기 때문이죠.

그러니 마음 푸세요. 당신을 증오하는 사람도 따지고 보면 당신의 잠재적인 팬입니다. 지금 좀 어리둥절할 뿐입니다. 당신이 왜 사람들한테 사랑받는지 모르기 때문이죠. 그걸 알려고 애쓰는 중이랍니다.

내가 빛나는
순간

바보들의 행진

●

남 욕하기 좋아하는 사람이 유언비어를 실어 나릅니다.
어리석은 사람이 이를 믿고
한심한 사람은 이를 널리널리 퍼뜨립니다.

느끼고 깨닫고

1.

사랑은 길들일 수 없는 매우 강력한 힘입니다. 그 때문에 사랑을 통제하려 들면 우리의 삶이 파괴될 것이고, 손안에 가두려 하면 우리를 노예로 만들어버릴 겁니다. 사랑을 이해하려고 하면 우리에게 상실감과 혼란만 남기고 사라지겠죠.

2.

사랑에 빠지면 여러 가지를 알게 되고, 여러 가지를 배우게 됩니다. 전에는 털끝만큼도 생각지 않았던 것들이죠. 사랑이야말로 세상을 이해하게 하는 만능열쇠입니다.

3.

사랑은 스스로 깨닫게 해줍니다. 남이 대신 알려주는 것이
아닙니다. 누군가와 감정을 공유할 때, 비로소 이 우주가,
이 세상이 의미를 갖게 됩니다.

사랑에 관한 세 가지 진실

•

1.

우리는 준 만큼 받으려고 합니다. 그런데 서로가 대가를 기대하고 사랑한다면 그야말로 시간 낭비가 되고 말죠. 사랑은 믿음이지 교환이 아닙니다.

2.

사랑은 모순 속에서 성장하고 갈등 속에서 깊어집니다. 또한 변화이자 치유입니다.

3.

현명한 사람은 사랑을 해서 현명하고, 멍청한 사람은 사랑을 이해하려고 해서 멍청합니다.

내가 빛나는
순간

격려

●

누군가에게 뭔가를 가르치는 것만으로 다 선생이라 할 수
는 없습니다. 진정한 선생이란 학생 스스로 자신의 숨겨진
능력을 찾을 수 있도록 도와주고 격려하는 사람입니다.

흩어진 별처럼

우리는 살아가면서 참 많은 사람을 만납니다.

　그중에는 다시는 생각하고 싶지 않은 사람이 있는가 하면, 어떻게 지내나 궁금한 사람도 있습니다. 평소에 내 생각을 해주었으면 하는 사람도 있고요. 그리고 두 번 다시 생각하고 싶지 않지만 어쩔 수 없이 생각나는 사람도 있습니다.

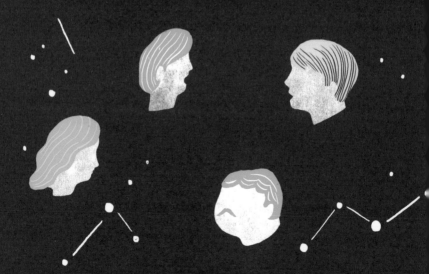

영혼의 만남

●

책을 산다는 것은 단지 내용만 사는 것이 아닙니다. 수많은 시간에 걸친 착오와 고된 작업을 사는 것이고, 수많은 좌절과 기쁨의 순간을 사는 것이죠. 책을 산다는 것은 저자의 마음과 나의 영혼…… 그리고 내 삶의 일부를 공유하는 것입니다.

사랑이란

●

사람들은 선의로 또는 누군가를 보호하기 위해 사랑하지 않습니다. 만약 그렇다면 상대를 그저 수단으로 보는 것입니다. 자신이 똑똑하고 관대하다고 생각하면서 말이죠. 사랑과는 완전 동떨어진 행동입니다.

사랑이란 교감하고 친밀해지는 행동이죠. 그리고 불꽃처럼 타오르는 일입니다.

내가 빛나는
순간

THE POWER OF LOVE

누가 뭐래도

●

내가 마음먹은 일을 비웃던 사람들이 있습니다. 얼마나 고
마운지 모릅니다. 덕분에 성장할 수 있었거든요. 그래서 나
는 꿋꿋이 헤쳐 나가는 사람들을 존경합니다.

인생은 참 묘해서

•

보통 자신감 없는 사람들이 나를 끌어내리려고 합니다. 오히려 나를 혹평했던 사람들이 그 사람들과 맞서 싸우라고 격려하는 일이 생기더라니까요.

4

Shi
ning
Mo
men
t

4장 사소한 순간이 쌓이면
멋진 마법이 된다

어느 날 갑자기

●

인생은 참 경이로워서 때때로 우리에게 미지의 세계로 나
아가도록 명령합니다. 원하지도 않았고, 필요하다고 생각
하지도 않았는데 말입니다.

배의 목적

●

배가 항구에 안전하게 정박해 있다고 해서, 그것이 배가 존재하는 이유는 아닙니다.

용기

●

용기란, 스스로 다짐하는 것입니다.

용기 있게 글을 쓰자고

용기 있게 사랑하자고

용기 있게 비판을 대하자고

용기 있게 내 뜻대로 살자고

용기 있게 내 꿈대로 살자고.

폭풍 속에서

인류와 불안은 거의 동시에 생겨났습니다. 그런데 불안은 우리가 어떻게 할 수가 없습니다. 공생하는 법을 배워야 하죠. 폭풍 속에서 살아남는 방법을 배우듯 말입니다.

시간이 없어요

●

어느 날 당신은 깨닫게 될 것입니다.

이젠 하고 싶어도 할 수가 없구나.

더 이상 시간이 없구나, 라는 것을요.

그러니 지금, 하고 싶었던 것을 하세요.

지금 바로 얻을 수 있는 행복

●

쓸데없는 것들을 싹 내다 버리는 일입니다.

꿈이 이끄는 곳으로

●

당신의 꿈을 따라가세요. 돈은 좀 못 벌더라도 결코 궁핍하진 않을 겁니다.

   아니면 다른 사람의 꿈을 좇아가세요. 돈은 좀 벌겠지만 결코 풍요롭진 않을 겁니다.

지혜로운 관찰자

●

단순해 보이는 것이어도 실은 비범하고 훌륭합니다.

현명한 사람만이 볼 수 있습니다.

일상이 풍요로워지는 행동

●

단순하게 삽시다.
꿈은 크게 갖고
늘 감사하고
사랑을 베풀면서요.
그리고 많이 웃자고요.

내 입장

●

많은 사람이 '우리는 어떻게 살아야 하는가'에 대해 명쾌한 생각을 갖고 있습니다. 그런데 말이죠. 정작 '나는 어떻게 살아야 하는가'에 대해 명쾌한 생각을 가진 사람은 별로 없습니다.

내가 빛나는
순간

대나무처럼

•

대나무는 심고 나서 거의 5년 동안은 작은 새싹 말고 아무 것도 볼 수 없습니다. 그동안 대나무는 땅속에서 뿌리가 씨줄 날줄로 뻗어나가며 자리를 잡아갑니다. 5년이 다 될 무렵이면 어느새 25미터 넘게 우뚝 솟아 있습니다.

　인생도 대나무와 닮은 것 같습니다. 우리는 크게 되려고 일을 합니다. 시간과 힘을 쏟아붓죠. 심신 단련을 위해 무엇이든 하고요. 때로는 몇 주씩, 몇 달씩 혹은 몇 년씩이나 가시적인 것도 손에 잡히는 것도 없이 말입니다. 그렇지만 끈기 있게 일하고, 심신을 단련하다 보면 5년 후에는 분명 살아남을 것이고 상상하지도 못한 모습으로 변해 있을 겁니다. 대범해지세요. 높게 올라서고, 깊게 뿌리내리고 싶다면.

여행자를 위한 아홉 가지 조언

•

1.

박물관 가지 않기. 다른 나라가 지금 어떤 모습으로 어떻게 살고 있는지 보는 것이 더 낫지 않을까요. 과거를 살펴보는 것보다 말이죠. 물론 박물관도 중요합니다. 그렇지만 박물관을 제대로 보려면 시간과 공을 많이 들여야 합니다. 그렇지 않다면 주마간산이 될 수밖에 없습니다. 커다란 박물관에 갇혀 과거를 보는 것보다 탁 트인 현재를 마주하세요.

2.

현지인 술집에서 시간 많이 보내기. 나이트클럽 같은 데 말고, 현지인이 들락거리며 술도 마시고 음식도 먹고 수다도 떨고 노닥거리는 곳에서요. 그 도시의 민낯과 속살을 다 볼 수 있습니다. 그곳에는 있지만 박물관에는 없습니다. 살아

내가 빛나는
순간

있는 여행지의 모습을 그대로 만나보세요.

3.

마음의 문을 활짝 열기. 최고의 관광가이드는 현지인입니다. 그 도시를 가장 잘 알고 자부심도 넘쳐나죠. 그러니 망설이지 말고 거리로 나가서 현지인 아무나 붙잡고 말을 걸어보세요. 아무 말이라도 좋습니다. 간단한 인사로 시작한 한마디로 당신의 세상이 넓어집니다.

4.

혼자 떠나기. 결혼했다면 부부 단둘이서 떠나세요. 좀 부담되고 힘들겠지만 이거야말로 진정 '살던 곳'을 떠나는 일입니다. 단체여행을 하게 되면 모국어만 사용하게 되고, 자기끼리만 어울리게 됩니다. 한두 명만 떠나는 여행은 더 많은 자유와 기회를 열어줍니다.

5.

비교하지 않기. 아무것도 비교하지 마세요. 값이나 위생,

삶의 질 그리고 교통 등등. 우리와 다르게 사는 사람들의 삶을 통해 뭔가를 느끼고 배우는 것이 여행입니다. 내가 얼마나 잘 살고 있는지 증명하는 것이 아닙니다. 불만 먼저 말하지 말고 왜 다른지 살펴보세요.

6.

여행 중이라는 사실을 잊지 말기. 어디서든 현지 사람은 여행객의 처지를 이해합니다. 그러니 말이 통하지 않는다고 길을 잃을까 봐 겁먹을 필요가 없다는 뜻이죠. 다 잘되게 돼 있습니다. 외국어가 완벽하지 않아도 여행지에서 행복해지는 데에는 아무 지장이 없습니다.

7.

너무 많이 사지 않기. 짐이 되지 않는 것에 돈을 쓰세요. 좋은 공연이나 맛있는 음식, 볼만한 관광 같은 것에. 요즘은 인터넷으로 이 세상 어느 것이든 다 살 수 있습니다. 쇼핑과 여행은 엄연히 다른 것이니까요.

내가 빛나는
순간

8.

욕심 부리지 않기. 일주일에 여러 도시를 돌아다니는 것보다 한 도시에서 여러 날을 보내는 것이 훨씬 낫습니다. 찬찬히 봐야 제대로 볼 수 있으니까요. 더 오래 기억되는 것은 이런 여행입니다.

9.

여행은 모험입니다. 거리를 쏘다니고 골목을 누비세요. 그리고 마음껏 난생처음 만나는 것들을 즐기세요. 당신의 삶은 점점 변화할 것입니다.

가장 빛나던 시절

●

여행이야말로 돈이 아니라 용기가 결정합니다. 나는 젊을 적에 히피로 살며 여행을 많이 다녔습니다. 그때는 가난해서 돈이라고는 어찌어찌 교통비 정도만 마련할 수 있었지요. 그렇지만 지금도 그때가 내 인생에서 가장 빛나던 시절이라고 생각합니다. 나는 여행을 통해 참으로 많은 것을 배웠습니다.

무언가를 바랄 때

●

제자 : 기도보다 소중한 게 있습니까?

스승 : 네 옆에 있는 나무에서 가지 하나만 잘라보아라.

제자 : 네, 잘랐습니다.

스승 : 나무가 살아 있느냐?

제자 : 네, 멀쩡합니다.

스승 : 이제는 뿌리를 잘라보아라.

제자 : 그럼 나무가 죽습니다.

스승 : 기도란 무릇 나뭇가지 같고, 믿음은 그 뿌리라 할 수
있다. 믿음은 기도 없이도 존재하지만, 믿음 없는 기
도는 허상이란다.

아이에게 배울 점

●

이유 같은 거 없어도 마냥 행복해하기.

언제나 왕성한 활동량.

뭐든 원하는 것이 생기면 어떻게 요구하는지 알기.

내가 빛나는
순간

기꺼이 먼저 다가가기

●

행여 상처받을까 겁먹고 너무 조심스럽게 대하다가는 기
회를 놓칠 수도 있습니다. 다가가서 가까운 사람들에게 사
랑을 표현하세요.

내가 빛나는
순간

내부의 힘

●

달걀은 외부의 힘으로 깨지면 삶이 끝납니다. 반면 내부의
힘으로 깨지면 새로운 삶이 시작되고요. 언제나 그렇듯 모
든 위대함은 내부에서 비롯됩니다.

멈추면 안 되는 것

●

우리는 항상 공부하고 배워야 합니다. 세상이 매 순간 변하기 때문이죠. 그런데도 '나는 세상을 다 알았다' 하며 배움을 중단하려는 사람이 있습니다. 어림도 없는 일이죠. 배움에는 끝이 없습니다. 오직 정진뿐입니다.

뭘 망설이나요?

●

모험을 떠나려 할 때 사랑하는 사람들과 대립하는 경우가
있습니다.

"왜 그래? 부모도 있고 결혼도 했고 아이들도 있잖아.
직장도 잘 다니고 있잖아. 뭐가 부족해서 먼 낯선 곳까지
가서 이방인처럼 살겠다는 거야?"

그럼에도 기어코 모험을 향한 첫걸음을 떼고 말죠. 호
기심이기도 하고 야망이기도 하지만, 결국 간절하게 모험
을 원하기 때문입니다. 통제가 불가능한 감정이거든요.

마침내 여정에 들어서면 긴장과 두려움이 솟구칠 것입
니다. 동시에 강한 의지와 넘치는 행복감에 스스로도 놀라
게 될 테고요. 만족감이 느껴지면 제대로 하고 있다는 뜻입
니다. 모험은 모든 불신과 비난과 위험을 감수할 가치가 있
습니다.

내가 빛나는
순간

가성비

꿈을 추구하려면 적지 않은 대가를 치러야 합니다. 습관을 버려야 한다거나 고난의 길을 가야 한다거나 말이죠. 기대에 어긋날 수도 있고요. 그럼에도 편안한 삶에 안주하려는 사람들이 치러야 하는 비용보다는 확실히 쌉니다.

꿈의 방해자들

●

당신이 꿈을 이루려고 할 때, 많은 사람이 비난을 퍼붓고 모욕을 서슴지 않고 상처를 줄 것입니다. 저들에 맞서려면 용감해져야 합니다. 부디 저들의 욕구불만 따위에 멈추지 마세요.

나의 걸음으로

●

당신은 여행길에 누군가를 불러내 동행할 수는 있습니다. 하지만 걷는 것은 당신의 몫입니다. 아무도 당신을 위해 걷지 않습니다.

맑은 하늘처럼

●

폭풍이 꼭 나쁘지만은 않습니다.

때로는 내가 가야 할 길을 말끔히 치워놓기도 합니다.

진실이 그대를 자유롭게 하리라

불안에 놀아나지 마세요.
불확실할수록 진실에 집중하세요.
누구도 무엇도 두려워하지 마세요.
나는 나의 편입니다.

강력한 혼잣말

●

살다가 어떤 상황에 놓이더라도 강력히 외치세요.

"이건 아니잖아. 내 삶이 이렇게 흘러가서는 안 돼!"

내가 빛나는
순간

자신을 믿으세요

●

경쟁에서 지거나 가진 것을 다 잃게 되면 슬픔에 휩싸이겠죠. 그렇지만 이 또한 지나가기 마련입니다. 얼마 지나지 않아 우리는 자신 안에 숨어 있던 놀라운 능력을 발견하게 될 것이고, 그것은 자존감을 높여줄 것입니다. 마침내 "좋았어!"라고 말하며 환호하게 되겠죠. 내 안의 힘을 모르는 사람만이 "망했어!"라고 하며 슬퍼하는 겁니다.

서로를 구하는 길

●

부정적인 감정은 사람을 가리지 않습니다. 남녀노소 어느 누구에게든 파고들어가 무시로 영혼을 갉아먹습니다.

가끔씩 이유 같은 거 묻지도 따지지도 말고 난생처음 보는 사람에게 미소 지어 보세요. 혹시 알아요? 전혀 의도치 않았는데 그 사람을 구하게 될지도 모르죠. 당신의 미소가 상대에게 새로운 희망과 자신감을 불어넣을 수도 있습니다. 그 사람은 조금 전까지 자신이 이 세상에서 아무짝에도 쓸모없는 인간이라 생각하고 자살하려 했을지도 모르거든요.

그게 뭐라고

●

어떤 사람들은 평가받고 인정받는 것에 목을 맵니다. 그렇기에 그 앞에서 약해지고 말지요. 평가와 인정은 가혹한 함정입니다. 걸려들지 마세요.

무한 도전

●

늘 그렇듯 생각지도 못했을 때, 삶은 도전장을 내밉니다. 변화에 대한 용기와 의지가 있는지 시험해보려는 것이죠. 그럴 때 시치미 뚝 떼고 모른 척하거나, 아직 준비되지 않았다고 말해봤자 아무 소용 없습니다. 도전은 기다려주지 않습니다. 삶은 되돌아보지 않고요.

도전할 건지 말 건지 마음먹는 데 오래 걸릴 까닭이 뭐 있겠습니까.

이것만은 하지 말기

똑같은 실수를 또 저지르고 말았나요? 그러면 더 이상 실수가 아닙니다. 그 자체로 결정 나버린 거지요. 현명한 사람은 다음과 같은 실수를 반복하지 않습니다.

첫째, 같은 실수를 반복하면서 다른 결과를 기대하기. 결과를 바꾸려면 다른 방법을 써야 합니다.

둘째, 지출 초과하지 않기. 늘 빚지고 산다면 심각한 상황으로 치닫기 마련입니다.

셋째, 주변을 둘러보지 않고 앞만 보고 가기. 일에만 치이다 보면 최종 목표가 뭔지 잊어버리기도 합니다.

넷째, 우는소리 안 하기. 어디든 피해자 노릇을 하는 사람이 있고, 그 피해를 해결해주는 사람이 있습니다. 이런 관계는 잘될 리가 없고 오래갈 리도 없습니다. 자기 문제는 스스로 해결해야 합니다.

다섯째, 다른 누군가처럼 굴거나 아부 떨기. 오로지 진실된 행동만이 사람들의 존경을 불러옵니다.

여섯째, 남 바꾸려고 하기. 나를 바꿀 사람은 나 말고는 없습니다. 그러니 더더욱 당신도 남을 바꿀 수는 없겠지요.

오늘부터 한 글자씩

●

1.

글쓰기는 예술이란 관점에서 좀 평가절하됐다고 할 수 있습니다. 글쓰기는 흑과 백을 이용해 사람들의 내면을 다채롭고 풍부한 색깔로 표현하고 있는데 말입니다.

2.

별짓을 다 해도 아무도 뭐라 하지 않는 것이 글쓰기입니다.

3.

글을 쓰려고 할 때 자꾸 무슨 이야기를 쓸까 고민하지 말고, 스스로 이야기의 주인공이 되어봅시다.

지금을 즐기세요

●

누구든 죽습니다. 그렇다고 누구나 인생을 즐기며 살고 있지는 않아요. 부디 즐기세요. 지금도 이른 건 아닙니다.

70억 인류가 일개 바이러스한테 속수무책으로 당하는 시
대. 좀비처럼 달라붙는 고통과 불안 때문에 어쩔 줄 몰라
허둥지둥하는 그때 어디선가 들려오는 파울로 코엘료의
목소리.

　"고통과 불안은 인류와 영원한 단짝이야. 그러니까 잘
데리고 살아. 놀아나지 말고."

　그리하여 좀비들을 떨쳐내고 바깥출입을 삼가고 집에
서 조신하게 있으려는데 세상에 나 홀로 고립된 것만 같은
기분이 독가스처럼 스멀스멀. 그때 또 들려오는 파울로의

목소리.

"고독해봐야 너 자신을 알 수가 있지. 나를 알아야 인생이란 순렛길에서 낙오하지 않거든. 고독을 즐겨봐."

그리하여 차분하게 고독과 일상을, 그리고 내가 할 수 있는 일을 하려고 하니, 아! 이젠 어제와는 다른 세상. 선뜻 나서지 못하고 자꾸 망설이니 또 파울로 코엘료의 목소리가 들려온다.

"인생이 그래서 경이롭다는 거야. 늘 생각지도 못했을 때 미지의 세계로 나가라고 하잖아. 이건 인생의 명령이야. 그러니까 용기와 의지를 가지고 도전해!"

그렇지만 미지의 새로운 세계는 혼란 속에서 말도 많고 관행도 많다. 의심의 눈초리, 비난의 화살. 그때 또 파울로 코엘료가 말한다.

"낡은 시대를 마무리 지어야 새 시대가 자리를 잡는 법. 세상에 대체 불가란 없어. 그깟 관행 별거 아니야. 겁먹지 말고 뛰어들어! 모험은 모든 불신과 비난과 위험을 감수할 가치가 있으니까."

파울로 코엘료는 북극성이다. 가야 할 길을 알려주니까. 그리고 손 씻기다. 스스로 몸과 마음을 건강하도록 만드니까. 그리고 마스크다. 세상은 공동운명체로 묶여 있으니까.

그러니까 우리한테 필요한 건 그의 말처럼 때를 기다리는 인내심과 어떤 상황에도 물러서지 않는 투지.

'단순해 보이지만 속은 지혜로 꽉 찬' 파울로 코엘료의 위대한 글쓰기에 경의를!

박태옥

내가 빛나는
순간

그린이의 말

'Memory is the space of time.' 이십대의 시간 동안 개인 홈페이지에 새겨놓았던 문구입니다.

'추억은 시간의 공간'이라고 해석하면 될까요?

그때의 저는 온라인상의 자기소개 칸에 종종 'Memory Collector'라고만 적고는 했습니다. 나 자신을 설명할 때 무슨 문장을 계속 덧붙여야 할지 몰라서 그렇게 짧은 단어로만 소개를 끝맺곤 했습니다.

이왕 태어났으니 삶을 사랑하며 살고 싶었고 이 시공간에서 온 마음을 다해 부딪치고 싶었습니다.

그것이 사랑으로 남든, 눈물로 남든 부딪쳐보고 싶었습

니다. 많이 돌아다니고 보고 만나고 느끼고 싶었습니다. 소중한 추억을 모으고 기록하려고 했습니다. 지금도 그렇게 시간을 지내오고 있습니다.

다만 매일매일 똑같은 나로 살아온 것 같지만 확실히 삼십대를 살아가면서 간혹 뒤를 돌아보면 이전의 나와 지금의 나는 조금씩 달라지고 있음을 느낍니다.

코엘료의 길지 않은 문장들은 이미 알고 있지만 잊고 있던 마음들, 너무 익숙해져서 가지고 있는지도 몰랐던 능력들, 분명 예전에는 나를 놀랍게 했지만 지금은 식상해져 버린 것들이 사실은 얼마나 소중한 것인지 다시금 상기시켜줍니다.

일상이 지긋지긋해질 때는 하루하루를 여행하듯이 마음을 바꿔봅니다. 그런 마음으로 한 장 한 장 그림을 그렸습니다.

페이지 하나하나가 각자의 추억을 기억하는, 그리고 추억을 만들어갈 공간이 되면 좋겠습니다.

윤예지

내가 빛나는
순간

옮긴이 • 박태옥

타고난 재주가 글쓰기라 평생 글과 함께 살았고, 파울로 코엘료의 말처럼 돈
좀 못 벌더라도 꿋꿋이 꿈을 따랐다. 하루하루는 다 다르고 날마다 새롭고 멋
진 일이 일어난다는 파울로 코엘료의 말에 백 퍼 공감한다.
방송 프로그램 〈KBS 독립영화관〉 작가와 만화 『태일이』 스토리 작가로 활동
했으며, 단편영화 〈재떨이〉의 시나리오를 썼다. 그 외에도 에세이 『꼴찌를 일
등으로』 『못난 아빠』의 말꾸밈, 글꾸밈을 맡아 했다. 지은 책으로는 장편소설
『마담 블루』가 있다.

일러스트 • 윤예지

기억할 수 있는 어릴 때부터 그림을 그렸습니다. 그림 이외의 직업은 상상해
본 적이 없기에 일러스트레이터라는 직업으로 돈을 벌고, 그것으로 또 시간
과 공간을 확장할 수 있어 행운이라고 생각합니다.

출판, 포스터, 광고 등 다양한 분야에서 여러 국적의 클라이언트들과 작업하
고 있습니다. 오래된 작업으로는 MBC 〈라디오스타〉 로고 작업이 있고, 최근
에는 광고회사 Wieden+Kennedy Amsterdam과 함께 덴마크 에너지 회사 Ørsted
의 그린에너지 캠페인을 위한 그림책 『Is This My Home?』을 만들었습니다.
그 외에는 『땅콩나라 오이제국』 『12Lands』 등의 그림책을 작업했고, 『당신은
나를 열어 바다까지 휘젓고』 『귀 큰 토끼의 고민 상담소』 『농담을 싫어하는
사람들』 『마당을 나온 암탉』의 책들에 그림을 그렸습니다.

흐르는 것들에 대해 예민한 편입니다. 그래서 일로 그림을 그리지 않는 시간
에는 흐르는 것을 기록으로 잡아두는 연습을 합니다. 시시각각 변하는 시간
과 감정의 흐름을 잊어버리기 전에 이미지로 기록해둡니다.

website_www.seeouterspace.com
instagram_@seeouterspace

내가 빛나는 순간

ⓒ 파울로 코엘료, 2020

초판 1쇄 발행일   2020년 5월 28일
초판 6쇄 발행일   2025년 4월 1일

지은이   파울로 코엘료
옮긴이   박태옥
그린이   윤예지
펴낸이   정은영

펴낸곳   자음과모음
출판등록   2001년 11월 28일 제2001-000259호
주소   10881 경기도 파주시 회동길 325-20
전화   편집부 (02)324-2347, 경영지원부 (02)325-6047
팩스   편집부 (02)324-2348, 경영지원부 (02)2648-1311
이메일   munhak@jamobook.com

ISBN 978-89-544-4248-0 (03800)